The Adventures of
Marco Flamingo
Under the Sea

Las aventuras submarinas de Marco Flamenco

Written and Illustrated by
Escrito e ilustrado por
Sheila Jarkins

To my husband, Gary ⋈ the catch of my life.

Text and Illustration © 2009 Sheila Jarkins
Translation © 2009 Raven Tree Press

Jarkins, Sheila.

The Adventures of Marco Flamingo Under the Sea / written and illustrated by Sheila Jarkins;
translated by Translations by Design = Las aventuras submarinas de Marco Flamenco/ escrito
y ilustrado por Sheila Jarkins; traducción al español de Translations by Design. –1 ed.
–McHenry, IL: Raven Tree Press, 2009.

p. ; cm.

SUMMARY: The comical Adventures of Marco continue as your favorite
                flamingo explores the wonders of ocean life to find unlikely friends.

Bilingual Edition   English–Only Edition
ISBN 978-1-934960-66-0 hardcover   ISBN 978-1-934960-68-4 hardcover
ISBN 978-1-934960-67-7 paperback

Audience: pre–K to 3rd grade
Title available in English-only or bilingual English-Spanish editions

1. Humorous Stories—Juvenile fiction. 2. Animals/Birds—Juvenile fiction. 3. Bilingual
books—English and Spanish. 4. [Spanish language materials—books.] I. Illust. Jarkins,
Sheila. II. Title. III. Title: Las aventuras submarinas de Marco Flamenco.

LCCN: 2009923420

Printed in Taiwan
10 9 8 7 6 5 4 3 2 1
First Edition

Raven Tree Press
A Division of Delta Systems Co., Inc.
www.raventreepress.com

Free activities for this book are available at www.raventreepress.com

"I played in the snow every day."
—Jugué en la nieve todos los días.

Marco was home at last. He was tickled pink
to tell his friends about his latest adventure.

Marco por fin había llegado a casa. Se moría de ganas
de contar su última aventura a sus amigos.

Marco was ready for another adventure. From his home in the calm lagoon, he saw the big waves of the ocean. That's where he wanted to go.

Marco estaba listo para otra aventura. Desde su hogar en la laguna calma, podía ver las grandes olas del océano. Allí quería ir.

4

5

Marco was curious about the sea.
So he asked Manatee:
"What's under the water way out there?"

"It's no place for a flamingo,"
warned Manatee.

Marco sentía curiosidad por el mar,
así que le preguntó a Manatí:
—¿Qué hay bajo el agua allá lejos?

—No es un lugar apropiado para un flamenco,
le advirtió Manatí.

"Please tell me what you see
when you dive into the sea?"
Marco asked a flock of diving birds.

"It's no place for a flamingo,"
they warned.

—Por favor díganme lo que ven cuando se
sumergen en el mar, preguntó Marco a
una bandada de pájaros zambullidores.

—No es un lugar apropiado para un flamenco,
le advirtieron.

Marco decided to find out for himself.
He plucked a reed and paddled out to sea.

Marco decidió averiguarlo por sí mismo.
Arrancó un junco y remó hasta salir al mar.

"That bird is crazy."
—Ese pájaro está loco.

"Ha! A reed. He'll be back."
—¡Ja! Un junco. Ya volverá.

Soon Marco came back. "I need something better than a reed," said Marco. "Wow. Snorkel gear. Thanks."

Muy pronto Marco volvió. —Necesito algo mejor que un junco, dijo Marco. —Qué bien. Equipo de esnórquel. Gracias.

The snorkel gear worked better than the reed,
but Marco had to swim close to the surface.
That was a big problem.

El esnórquel funcionó mejor que el junco,
pero Marco tenía que nadar cerca de la superficie.
Ése era un gran problema.

He quickly found a solution.

Muy pronto encontró una solución.

SCUBA DUBA
CATALOG

CATÁLOGO
DE BUCEO

"Get home before dark."
—Vuelve a casa antes que oscurezca.

"Be careful."
—Ten cuidado.

"He's really serious."
—Está decidido.

When Marco got out to sea,
he dove deeper and deeper.
Plop! Marco landed at the bottom of the sea.

Cuando Marco salió al océano,
se sumergió más y más profundo.
¡Plop! Marco llegó al fondo del mar.

Marco played all day—
at the top... at the bottom . . .
and at the places in between.

Marco jugó todo el día,
cerca de la superficie, en el fondo . . .
y en los lugares intermedios.

"Peek-a-boo. I see you."

—Cucú. Ahí estás tú.

Marco raced a shark . . .

Marco corrió carreras con un tiburón . . .

and sailed over the waves.

y navegó sobre las olas.

The seals invented a game that they named after their new friend.

Las focas inventaron un juego que nombraron en honor a su nuevo amigo.

"Marco!"
—¡Marco!

23

That night, Marco slept under the stars.

Esa noche, Marco durmió bajo las estrellas.

24

In the morning, Marco sent
a message to his friends.

Por la mañana, Marco envió
un mensaje a sus amigos.

Dear Coral, Shelly, and Webb,
    I love the ocean! I have had many adventures. I rode on a manta ray and raced a shark. My tank is empty so I'm heading home. See you soon.
        Sincerely, Marco
    P.S. I have a big surprise for you.

Queridos Coral, Shelly y Webb,
    ¡Me encanta el océano! He tenido muchas aventuras. Monté sobre una manta raya y corrí carreras con un tiburón. Mi tanque está vacío, así que regresaré a casa. Los veré muy pronto.
        Atentamente, Marco
    P.D. Tengo una gran sorpresa para ustedes.

"Marco is full of surprises."
—Marco está lleno de sorpresas.

"Nothing Marco does could surprise me anymore!"
—Marco es capaz de todo. ¡Ya nada me sorprende!

"Racing a shark? That's nonsense!"
—¿Corrió carreras con un tiburón? ¡Qué tontería!

28

. . . Or could it?

. . . ¿O sí?

Vocabulary	Vocabulario
home	el hogar
friends	los amigos
adventure	la aventura
lagoon	la laguna
ocean	el océano
manatee	el manatí
flock	la bandada
reed	el junto
snorkel gear	el equipo de esnórquel
solution	la solución
shark	el tiburón
waves	las olas
seals	las focas
game	el juego
stars	las estrellas
manta ray	la manta raya